I0551596

26182

ODE

A NOTRE AGE ANALYTIQUE.

ODE

A NOTRE AGE ANALYTIQUE,

PAR

M. Népomucène L. Lemercier,

de l'Institut royal de France.

PARIS.

DE L'IMPRIMERIE DE BAUDOUIN FILS,

RUE DE VAUGIRARD , N° 36.

1820

A MONSIEUR COLIN,

JURISCONSULTE.

Mon respectable ami,

Permettez que je vous dédie cette ode. Si les opinions que j'exprime ici sous une forme poétique ne vous paraissent pas toutes exactement en accord avec les vôtres, c'est qu'une longue expérience vous a donné des lumières plus élevées que les miennes : mais l'expression de mes pensées sincèrement patriotiques me semble être le seul digne hommage que ma muse puisse offrir à l'un de nos légistes les plus clairvoyans et les plus équitables.

Je souhaiterais que mon nom pût durer, pour qu'il rendît durable le témoignage de mon affectueuse vénération.

ODE

A NOTRE AGE ANALYTIQUE.

Sɪècle de vain savoir, qui t'ignores toi-même,
Sors de l'obscur dédale où se perdent tes pas !
Mesurer et peser est ton docte système :
    Ton erreur ne calcule pas
    Qu'au sein de la Nature entière,
L'âme, le sentiment, et même la matière,
Élude ta balance, échappe à ton compas.

Si des mondes roulans la masse pondérable
De leurs aspects divers t'a soumis les rapports,
A tes yeux pénétrans la vie impénétrable
    Te dérobe tous ses ressorts :
    Et l'exact esprit qui t'égare,
Docile aux lois du nombre, aveuglément compare
La puissance morale aux puissances des corps !

As-tu des sens de l'homme éclairci le mystère ?
Sais-tu si leur pouvoir régit sa volonté ?
Peux-tu juger son cœur, ténébreuse Chimère?
    Sais-tu, quand un zèle agité
    Le dévoue au meurtre, au martyre,
Quel point de sa raison distingue son délire ?
A nos doutes profonds montre une vérité.

Si l'être humain n'est rien qu'aveugle mécanisme,
D'un physique ascendant déplorables effets,
Les coups de la vengeance et ceux du fanatisme
    Te sembleront-ils des forfaits ?
    Plus de tribunaux légitimes :
L'incurable démence absolvant tous les crimes,
De l'ordre impunément menacera la paix.

Des élémens entre eux nul atôme n'est libre :
Leur force est limitée en ses impulsions :
Le feu des volcans même aux lois de l'équilibre
    Asservit ses irruptions.
    Si l'analyse est ton génie,
De la stable Nature imite l'harmonie :
Captive en leurs fureurs l'élan des passions.

Vois les degrés nombreux de la chaîne des êtres
Rebelles au niveau que l'orgueil vint t'offrir.
Quelle est l'égalité des sujets et des maîtres ?
    Celle de naître, et de mourir.
    Mais du berceau jusqu'à la tombe,
La race des vivans, qui sous l'âge succombe,
Passe en tout inégale avant que de périr.

Des instincts animaux l'homme a plus d'un organe.
De stature et d'esprit né divers sous les cieux,
Aigle, taureau, serpent, il rampe, il marche, il plane ;
    Et cygne, chante pour les dieux.
    Assimile Homère à Zoïle :
Au rang d'un vil Thersite abaisse un noble Achille ;
Achille, dans les camps lion victorieux !

La valeur, la beauté, l'intelligence active,
L'ingénieuse ardeur qui créa tous les arts,
Des heureux naturels sont la prérogative
    Dans les favoris des hasards.
    Indestructibles priviléges,
Ces dons du ciel rompront les niveaux sacriléges
Que l'Envie a forgés sous tes mornes regards.

Maîtres , sujets , ces noms te semblent des blasphêmes :
Leur triste différence outrage ta fierté.
Les uns sont-ils toujours fils des princes suprêmes ?
     Les autres, fils de la cité ?
     N'as-tu pas vu la tyrannie
Couronner l'insolente et basse ignominie
Des disciples railleurs de ta fraternité ?

La Royauté te dit : « L'État n'est qu'anarchie
» Quand un trône divin n'en possède les droits. »
L'Égalité te dit : « Aucune hiérarchie
     » Ne doit gêner les peuples rois. »
     Déments l'une et l'autre imposture.
Consulte l'ordre entier de l'immense Nature :
Tout y cède enchaîné sous le pouvoir des lois.

Si la Loi ne soumet le peuple et le monarque ,
Ou le prince est despote ou le peuple est tyran :
Et leurs flatteurs armés des ciseaux de la Parque ,
     Les promènent de rang en rang.
     Invincible dans sa prudence ,
La juste Liberté n'est point l'Indépendance.
L'esprit altier de l'homme est né trop conquérant.

Dominateur superbe, un seul frein le fatigue :
Il respire l'orgueil jusques dans ses vertus.
Est-il fort? il opprime : est-il faible? il se ligue :
    Et sur ses rivaux abattus
    Fier de poser un pied coupable,
Il veut moins égaler qu'asservir son semblable;
Et sourit aux forfaits de splendeur revêtus.

Jeunes tribus! fuyez de vos bercails prospères :
Voyez-les investis par les monstres des bois....
L'arc de Nemrod les chasse en leurs sanglans repaires :
    Confiez-lui votre carquois.
    Il revient, sauveur de ses frères!
Mais quoi? tournant contre eux ses flèches téméraires,
Au prix de l'esclavage il leur vend ses exploits!

« La crainte et l'intérêt sont les liens du monde; »
Dirent ses héritiers, que l'on crut immortels :
« La crainte a fait les dieux : ah! que l'intérêt fonde
    » Leur sacerdoce et nos autels !
    » Resserrons cette double chaîne;
» Que le glaive l'appuie; et que la race humaine
» Suive en humble troupeau nos sceptres paternels. »

Soleil! sois l'Osiris à qui la foi s'adresse;
Nil! aux yeux éblouis divinise tes eaux;
Des rois initiés ô menteuse sagesse!
    Éternise de froids tombeaux.
    A jamais, graves pyramides!
Aux superstitions des peuplades timides
Offrez la majesté de leurs poudreux berceaux.

Mais l'âme, qu'éclaira l'auguste providence
Du Dieu contraire aux dieux par l'homme révélés,
L'âme a reçu du vrai la haute confidence....
    Faux ministres du ciel! tremblez.
    Des fers cette âme est-elle esclave?
Lumière ardente et vive, elle dissoud l'entrave
Des cultes mensongers l'un par l'autre ébranlés.

L'âme n'abdique point son empire sublime
Aux pieds des monumens, œuvres des imposteurs.
Sa puissance triomphe et des complots du crime,
    Et des légions d'oppresseurs.
    Ah, Xercès! tes hordes serviles
La vont-elles dompter?.... répondez, Thermopyles!
La Perse entière fuit vos trois cents morts vainqueurs.

Noble amour du pays dont Sparte est enflammée ,
Seul plus fort que le fer et le nombre des bras ,
Tu mesures au choc d'une pesante armée
     La vertu de Léonidas !
     Siècle que la raison proclame ,
Démontre , si tu peux , jusqu'où d'une grande âme
Va l'héroïque effort en ses derniers combats.

Compare au son qu'au loin l'air épand et propage ,
Dans les ébranlemens du physique univers ,
Le bruit d'un si haut fait , prolongé d'âge en âge
     En de magnanimes concerts ;
     Bruit que l'écho de la mémoire
Fait après deux mille ans retentir avec gloire ,
Et vibrer dans les cœurs , répété par nos vers !

Dis comment du passé la grandeur héroïque
Agrandit l'héroïsme en des temps à venir :
Dis comment de Caton le dévoûment stoïque
     Domine tout le souvenir :
     Et par quelle loi souveraine
Du parjure César sa mort républicaine
Vainquit l'éclat trompeur que son sang dût ternir.

Quelle voix alliant Saragosse à Numance,
De Paris et de Rome en leurs ambitions
Dénonce au tribunal de l'avenir immense
    Les condamnables Scipions ?
    Quelle voix, du monde entendue,
Aux noirs couteaux d'Aly disant Parga vendue,
Lègue au trident anglais ses malédictions ?

Non moins que la hauteur des vertus les plus pures,
O Siècle qui vantas tes lumineux progrès,
La profondeur du vice échappe à tes mesures :
    Il fit, sous l'amas des cyprès,
    Croître une palme aventurière,
Immoler la patrie à la gloire guerrière,
Régner des Appius, anoblir des Verrès.

Explique, explique-toi la victoire infaillible
De Socrate en ses fers émule des héros :
Et du Christ expirant la conquête invisible
    Sur l'empire de ses bourreaux.
    Cherche d'où part la frénésie
Des Gengis, des Timurs, destructeurs de l'Asie,
Et du noir Mahomet plantant de saints drapeaux.

Le zèle généreux, la fougue meurtrière,
Qui poussa chacun d'eux en leurs brûlans transports,
Ont-ils rien de conforme aux jeux de la matière
    Dont tu suis les lois dans les corps ?
    L'essence électrique et rapide
Des foudres, que saisit le métal qui les guide,
Est moins mystérieuse en ses vagues essors.

Esprit calculateur ! tes règles symétriques
Au vol qui porte aux cieux l'enthousiasme ailé
Ne pourraient appliquer les valeurs numériques
    Des pas d'un astre reculé.
    Plus sûre et non imaginaire,
La rigide Vertu pénètre au sanctuaire
De l'univers moral aux grands cœurs dévoilé.

De l'art législateur résolvant le problême,
Elle sent qu'à la fois peuvent être affermis
Les droits des citoyens, les droits du diadême,
    Par le dieu Therme et par Thémis :
    Et non jalouse du mérite
Qui dans les rangs d'honneur classe une digne élite,
Ne veut donner des fers qu'aux crimes ennemis.

Crésus avec le pauvre est en guérre éternelle ,
Si la Loi , qui préside à leur traité de paix ,
Ne prescrit à la faulx d'oublier la javelle
    Que la faim glane en ses guérêts ;
    Et si l'avare tributaire
Des biens que Triptolême arracha de la terre ,
Spécule sans pitié sur les dons de Cérès.

Tout labeur trop pénible énerve la pensée :
Le poids du joug de Mars abrutit les esprits.
Dans le repos du corps s'accroît l'ame exercée
    Qui de son être sent le prix :
    Et l'abus des froides lumières ,
Alignant le courage et les mains ouvrières ,
Transforme en instrumens les mortels appauvris.

Par un contraire excès , nos sciences subtiles ,
Qui ferment au travail les ateliers nombreux ,
De l'eau , du feu , de l'air empruntent des mobiles
    Suppléant aux bras onéreux.
    Si de leur vaine économie
La prévoyante Loi n'est la sage ennemie ,
Le commerce est stérile et son gain désastreux.

La richesse occupant l'industrie indigente
Se dérobe à la haine, aux chocs tumultueux.
Des loisirs à l'abri de la disette urgente
      Naissent les pensers vertueux :
      Ainsi, par la sève inondée,
La greffe, abondamment en ses fleurs fécondée,
Élève cent rameaux brillans et fructueux.

Mais, ô malheur des grands dont la mollesse oisive
Rêve qu'un peuple actif se courbe sous leurs pas !
Il se lève.... et brisant le joug qui le captive,
      Ce Titan aux robustes bras
      Frappe leurs têtes étonnées ;
Et ces faux Jupiters, débiles Salmonées,
Roulent de leur olympe aux gouffres du trépas.

Qu'à jamais enlevés aux discordes agraires
De fraternels Tribuns, d'heureux Patriciens,
Détruisent le berceau des Sylla sanguinaires,
      Et des Marius plébéiens :
      Nul Tibère, issu de Pharsale,
Ne teindra plus de sang sa pourpre impériale,
Dont les Cacus armés soient les pâles soutiens.

Seule, osant réprimer le sicaire gothique,
Le prêtre intolérant, l'avide publicain,
La Loi saurait prêter au pouvoir monarchique
    Un fondement républicain.
    Telle on vit dans Lacédémone,
Que rendit la Justice à son antique trône,
S'asseoir la Liberté sur des tables d'airain.

Telle, aujourd'hui classique, indomptable Ibérie !
Si la loi te gouverne en tes destins émus,
Ton astre en tous les temps fera pour la patrie
    Germer les sillons de Cadmus.
    Sous un roi légal deviens reine,
Nation mémorable ! et les monts de Pyrène
Entre nous, cette fois, ne s'élèveront plus.

Opposons notre luth, Muses inspiratrices !
Aux leviers balançant des intérêts glacés.
Muses ! des temps futurs saintes législatrices !
    Que de vos trépieds redressés
    Brillent les rayonnantes flammes !
Vos chants sont des leçons qui ravissent les âmes
Aux dogmes des esprits par Plutus abaissés.

Bornez cette science au nombre assujettie
Qui glace , en la réglant , la sensibilité ;
Qui sèche dans les cœurs la tendre sympathie
    Par son inerte aridité ;
    Et qui mesure et décompose
Nos soupirs et nos pleurs , plus secrets en leur cause
Que les sept jets d'un prisme où passe la clarté.

Rallumez ces ardeurs éteintes dans nos veines !
Et l'amour des beaux-arts par Minerve épurés !
Et l'éloquent tonnerre , arme des Démosthènes !
    Rendez-nous tous ces feux sacrés :
    Non l'incendiaire tribune
Qui soulevait ensemble et Bellonne et Neptune ,
Mais celle des vertus qui nous ont illustrés.

Éternisez la France , opulente héritière
Des fruits de tant d'exploits avant elle inouïs.
Rouvrez à son génie une libre carrière
    Dans les deux mondes éblouis.
    Et redites Philadelphie
Alliant sa couronne à la philosophie
Que fonda Washington protégé·de Louis.

De l'humaine équité tracez le caractère :
Consacréz de nos jours les droits représentés.
Fille du vœu de tous, la Loi rend sans mystère
    Des décrets de tous respectés :
    Mais toute loi, fille adultère
Des sectes, des partis, de l'or, du cimetère,
N'est qu'un monstre qui tombe au cri des Libertés.

FIN.

www.ingramcontent.com/pod-product-compliance
Lightning Source LLC
Chambersburg PA
CBHW070304220626
46818CB00018B/2404